Hallo!

In der Geschichte findest du an einigen Stellen Profifragen zum Text.

Deine Antworten kannst du mit einem Lesezeichen überprüfen. Das kannst du hinten aus dem Buch herausnehmen.

Es ist dein Lösungsschlüssel!

Aus Verantwortung für die Umwelt hat sich der Fischer Kinder- und Jugendbuch Verlag zu einer nachhaltigen Buchproduktion verpflichtet. Der bewusste Umgang mit unseren Ressourcen, der Schutz unseres Klimas und der Natur gehören zu unseren obersten Unternehmenszielen.

Gemeinsam mit unseren Partnern und Lieferanten setzen wir uns für eine klimaneutrale Buchproduktion ein, die den Erwerb von Klimazertifikaten zur Kompensation des CO_2-Ausstoßes einschließt.

Weitere Informationen finden Sie unter: www.klimaneutralerverlag.de

Weitere Informationen zum Kinder- und Jugendbuchprogramm der S. Fischer Verlage finden Sie unter: www.fischerverlage.de

FSC www.fsc.org
MIX
Papier aus verantwortungsvollen Quellen
FSC® C043106

3. Auflage 2021

Erschienen bei FISCHER Duden Kinderbuch

Lektorat: Sophia Marzolff
Fachberatung: Ulrike Holzwarth-Raether
Gestaltungskonzept: Farnschläder & Mahlstedt, Hamburg
Layout: Michelle Vollmer, Mainz
Umschlagkonzept: Frauke Schneider, Wittighausen
Umschlaglayout: Mischa Acker, Brühl

Druck und Bindung:
Grafisches Centrum Cuno GmbH & Co. KG, Calbe
Printed in Germany
ISBN 978-3-7373-3280-4

Leseprofi

Verfolgungsjagd im alten Rom

Fabian Lenk

mit Bildern von Barbara Korthues

FISCHER Duden Kinderbuch

Die Wege von Titus' Gewürzhandel

Inhalt

1. Erst der Unterricht!

Lucius leidet.
Immer dieses blöde Rechnen!
Mühsam kratzt er
mit einem Griffel aus Metall
Zahlen auf die Wachstafel.
Lucius ist der einzige Schüler.
Der strenge Lehrer lässt ihn
nicht aus den Augen.
Auweia!

Lucius sitzt im Zimmer
eines großen Hauses.
Es hat zwei Stockwerke.
Unten gibt es einen Empfangsraum,
eine Küche und ein großes Esszimmer.
Außerdem einen Altar und
ein flaches Wasserbecken.
Im Garten plätschert ein Brunnen.
Oben schlafen die Bewohner.
Und das hier ist das Schulzimmer.
„Leider“, denkt Lucius.

Die Villa steht in Rom.
Lucius liebt seine Stadt.
Hier gibt es
prächtige Tempel,
riesige Stadien,
elegante Badehäuser
und schicke Villen.
Das Haus,
in dem Lucius gerade lernt,
gehört seinem Vater Titus.

Profifrage 1

Wie heißt es im Text genau?

- schicke Badehäuser
- elegante Villen
- prächtige Tempel

Titus handelt auf dem Markt
mit Gewürzen:
Ingwer, Safran und Kardamom!
Die feinen Sachen kommen
von weit her nach Rom.
Sie stammen aus Spanien,
Afrika und Indien.
Doch der Transport ist gefährlich.
Überall lauern Räuber!
Aber das Risiko lohnt sich.
Titus ist mit dem Gewürzhandel
ein reicher Mann geworden.

Der Lehrer fuchtelt
mit einem Stock.
„Wo bist du nur wieder
mit deinen Gedanken?“,
ermahnt er Lucius.
Der beugt sich schnell
über die Tafel
und kritzelt weiter.

Seine Schwester Livia
muss auch lernen.
Ihre Mutter Cornelia unterrichtet sie
in der Hausarbeit,
im Weben und Kochen.
Gerade sind Cornelia und Livia
in der Küche.
Sie rühren vergnügt
in einem großen Topf.

Livia beugt sich darüber.
„Mmm, das duftet!“, freut sie sich.
Ihre Mutter lacht:
„Tja, wir haben nun einmal
die besten Gewürze!“
„O ja“, denkt Livia.
Dafür sorgt ihr Vater.
Alle Römer lieben seine Waren.
Sie stehen Schlange,
um sie zu kaufen.

Schon ist die Suppe fertig.
Livia und Cornelia probieren sie.
Beide sind sehr zufrieden damit.
„Hast du dir die Zutaten gemerkt?“,
will die Mutter wissen.
Livia nickt.
„Darf ich jetzt zum Markt?“,
fragt sie.
Ihre Mutter ist einverstanden.
Livia saust nach oben.
Ob Lucius noch rechnen muss?

Livia öffnet die Tür
zum Schulzimmer.
„Komm, ich will zum Markt!“,
ruft sie.
Lucius will etwas antworten,
doch der Lehrer schüttelt den Kopf.
„Nichts da!
Dein Bruder will später
auch Händler werden.
Also muss er gut rechnen können.“

Lucius seufzt.
Das stimmt leider.
Sonst betrügt man ihn beim Handeln.
Livia geht wieder.
„Warte auf mich!
Ich bin bestimmt gleich fertig“,
ruft Lucius ihr nach.

Endlich hat Lucius es geschafft.
Ob das Ergebnis stimmt?
Der Lehrer schaut
auf die Wachstafel.
Er nickt und lächelt.
„Gut gemacht, Lucius!“,
lobt er seinen Schüler.
Lucius darf gehen.
Hurra! Er ist glücklich.

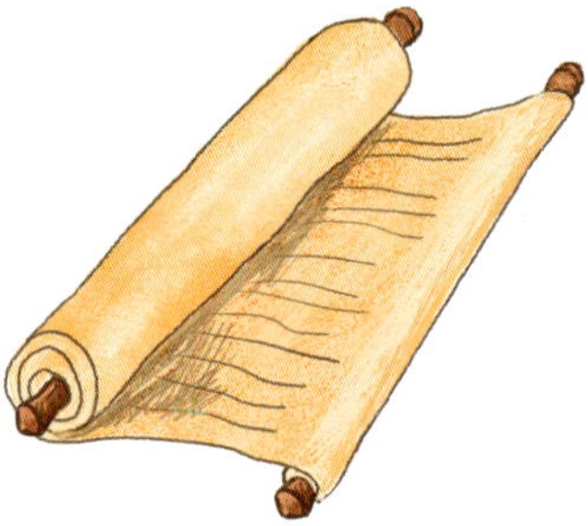

Profifrage 2

Wer unterrichtet Lucius?

- der Lehrer in der Schule
- ein Hauslehrer
- sein Vater

2. Unheimliche Gestalten

Lucius rennt aus dem Schulzimmer.
Vor der Tür steht Livia.
„Na endlich!“, ruft sie.
Sie stürmen aus dem Haus.
Draußen spielen ihre Freunde.
Sie lassen einen Reifen
durch die Gasse rollen.
„Macht ihr mit?“, rufen sie.
Doch Lucius und Livia
wollen lieber auf den Markt.

In den Straßen Roms
herrscht dichtes Gedränge.
Hoch beladene Karren
versperren den Weg.
Kutscher fluchen.
Bauern treiben ihr Vieh zum Markt.
Kühe muhen,
Schafe blöken,
Hühner gackern.
Aus den Wirtshäusern hört man
Musik und Lachen.
Lucius und Livia
lieben dieses Durcheinander.

Doch die beiden sind auch vorsichtig.
Sie wissen:
In den Gassen treiben sich
auch Taschendiebe und Räuber herum.
Endlich kommen die Geschwister
zum großen Marktplatz
mit den vielen Verkaufsständen.

Lucius und Livia staunen:
Feuerschlucker, Tänzer,
Jongleure und Akrobaten
zeigen ihr Können.
Musiker spielen auf.
Die Händler schreien um die Wette:
„Kauft nicht bei dem da,
bei mir ist die Ware frisch!“

„Da vorn ist Vater!“, ruft Livia.
Die Geschwister sausen los.
Ihr Vater Titus steht stolz
hinter seinem Stand.
Vor ihm befinden sich
viele Säcke und Kisten
mit edlen Gewürzen.
Es duftet verführerisch.

Titus begrüßt seine Kinder.
„Wollt ihr mir helfen?“,
fragt er fröhlich.
Lucius und Livia
sind sofort mit dabei.
Der Vater zwinkert ihnen zu.
„Heute ist mein Glückstag“, verrät er.
„Die Geschäfte laufen blendend!“
Zufrieden klopft er
auf seinen Geldbeutel.

Schon kommt der nächste Kunde.
Er will ein Säckchen Pfeffer kaufen.
Titus nennt den Preis.
„Pah!“, schnauft der Kunde.
„Ich biete dir die Hälfte!“
Titus lacht ihn aus und ruft:
„Niemals, das ist viel zu wenig!“
Die Männer beginnen zu feilschen.

Profifrage 3

Was bedeutet das Wort „feilschen“?

- über den Preis schimpfen
- sich um den Preis schlagen
- um einen möglichst günstigen Preis verhandeln

Da bemerkt Livia eine Gestalt.
Der Mann steht im Schatten
einer Häuserecke.
Er starrt auf Titus
und den Geldbeutel.
Seine Augen leuchten gierig.

Jetzt winkt der Mann
einen anderen heran.
Die beiden stecken
die Köpfe zusammen.
Livia wird unruhig.
Was haben die Kerle nur vor?

Livia will ihren Vater warnen.
Sie zupft ihn am Ärmel.
„Stör mich jetzt nicht!“, ruft er.
„Du siehst doch: Ich habe zu tun.“
Also will Livia die Männer
ihrem Bruder zeigen.
Aber jetzt sind sie verschwunden.
Wie ein Spuk.

„Vielleicht waren sie ja
ganz harmlos“,
denkt Livia.
Doch sie bleibt wachsam.
Die unheimlichen Männer sind jedenfalls
nicht mehr zu sehen.
Livia und Lucius
helfen beim Verkaufen.
Sie verpacken die Gewürze
und passen auf,
dass niemand etwas stiehlt.

Profifrage 4

Wie verhält sich Livia am Verkaufsstand?

- sehr ängstlich
- sehr wachsam
- sehr mutig

So wird es Abend.
Titus hat alles verkauft.
„Was für ein großartiger Tag!“,
sagt er noch einmal.
„Nachher werde ich mir
einen Becher Wein gönnen.
Auf nach Hause!“

Titus und die Kinder
verlassen den Marktplatz.
Inzwischen ist es schon dunkel.
Nur das Mondlicht beleuchtet
die finsteren Straßen.
Plötzlich hören Lucius und Livia
ein verdächtiges Geräusch.
Sie drehen sich um.

Jemand verschwindet blitzschnell
hinter einer Hausecke.
„Da war jemand!“, flüstert Lucius.
„Vielleicht ein Räuber!“, ruft Livia.
Doch ihr Vater winkt ab.
„Das bildet ihr euch nur ein.“
Er geht weiter.
Die Geschwister laufen hinterher.
Aber die Angst verfolgt sie
bei jedem Schritt.

3. In der Falle

Titus und die Kinder
biegen in eine Gasse ab.
Sie ist sehr eng und schmal.
Titus pfeift vor sich hin.
Da springt jemand
aus einer Nische hervor.
Er hat einen Knüppel in der Hand.
„Her mit dem Geld!“, zischt er.

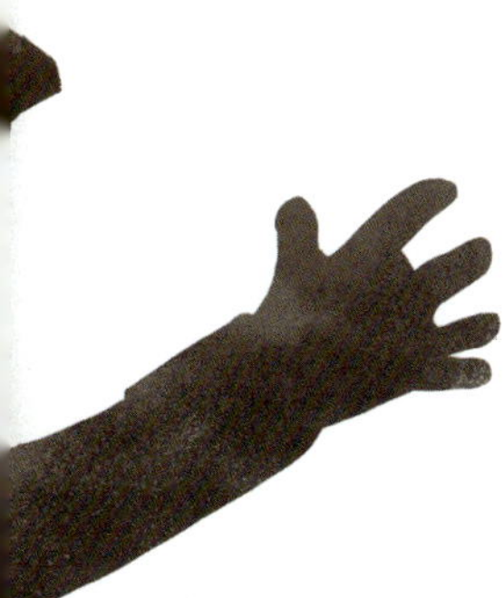

Profifrage 5

Warum pfeift Titus vor sich hin?

- Er ahnt nichts Böses.
- Er will den Kindern die Angst vertreiben.
- Er pfeift immer nach der Arbeit.

Für einen Moment
sind die drei wie gelähmt.
Titus ruft:
„Nichts wie weg!“
Er dreht sich um und will
mit den Kindern davonrennen.
Doch hinter ihnen ist
eine zweite Gestalt aufgetaucht.
Auch dieser Mann ist bewaffnet!
Livia erkennt die beiden Kerle
von vorhin wieder.

„Wo wollt ihr hin?“,
lacht der eine Mann.
Es ist ein böses, falsches Lachen.
Jetzt kommt er auf die Familie zu.
Auch der andere Mann kommt näher.
„Wir sitzen in der Falle!“,
denkt Lucius.
Sein Herz pocht wie wild.
Er nimmt Livia bei der Hand.
Sie zittert.

„Verschwindet oder
ich rufe die Wachen!“,
ruft Titus wütend.
Schützend hat er die
Arme um die Kinder gelegt.
Wieder lachen die Männer nur.
Dann stoßen sie
Lucius und Livia beiseite.

Die Räuber stürzen sich auf Titus.
Er verteidigt den Geldbeutel
mit Händen und Füßen.
„Gib ihnen das Geld!“,
schreit Livia.
Doch ihr Vater hört nicht auf sie.
Er schlägt und tritt um sich.
Aber gegen zwei Männer
hat auch er keine Chance.
Im Gerangel stürzt er zu Boden.
„Au, mein Knöchel!“, ruft er.

Die Täter entreißen ihm
den prallen Geldbeutel.
Dann rennen sie davon.
Lucius und Livia
beugen sich über ihren Vater.
„Ich habe mir den Fuß verstaucht!“,
jammert Titus.
„Und das Geld ist weg.
Das ist viel schlimmer!“

Da kommen Menschen angelaufen.
„Was ist hier los?“, fragen sie.
Titus erzählt es ihnen.
Die Leute kümmern sich um ihn.
Niemand achtet auf die Kinder.
Lucius winkt Livia heran.
Er hat einen Plan!

Lucius deutet in die Gasse:
„Komm, wir verfolgen die Kerle!“
Livia schüttelt den Kopf.
Sie findet es viel zu gefährlich
und möchte bei ihrem Vater bleiben.
Aber Lucius will herausfinden,
wohin die Täter fliehen.
Danach will er die Wachen rufen.
Die sollen die Räuber verhaften.

„Dann tue ich’s eben allein“,
sagt Lucius zu seiner Schwester.
Und schon flitzt er los.
Schließlich drängt die Zeit.
Die Räuber können in so vielen Gassen
von Rom verschwinden!
Livia zögert nur kurz.
Dann folgt sie doch ihrem Bruder.
Sie will nicht feige sein.
Außerdem mag sie Lucius
nicht alleinlassen.

Lucius und Livia kommen
zu einem großen Platz.
Sie schauen in alle Richtungen.
„Da!“, flüstert Livia.
Sie deutet nach links.
„Das sind sie bestimmt!“
Zwei Gestalten eilen
durch die Gasse.
Einer der beiden trägt einen Beutel ...

Jetzt drehen sich die Räuber um.
In letzter Sekunde
ducken sich die Kinder
hinter einen Holzkarren.
So sehen die Räuber sie nicht.
Die schlendern jetzt ruhig weiter.
Sie haben keine Eile mehr.
Offenbar fühlen sie sich sicher.

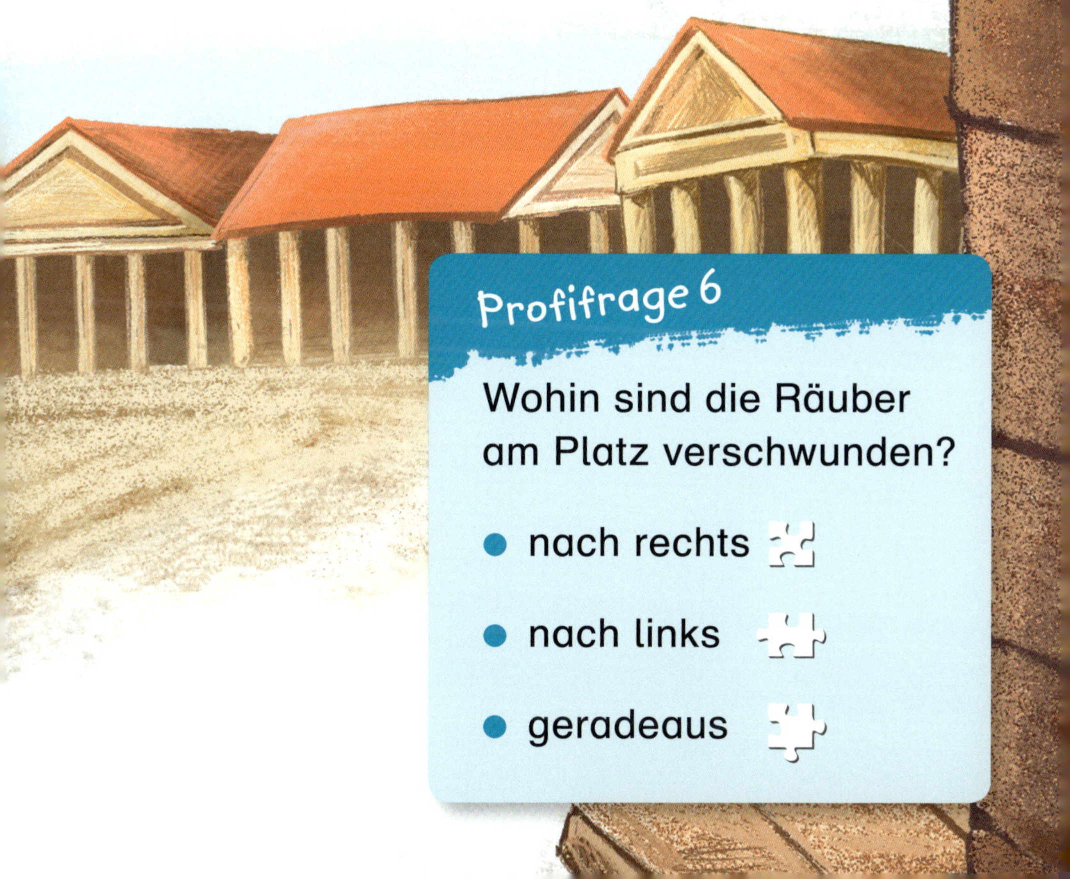

Profifrage 6

Wohin sind die Räuber am Platz verschwunden?

- nach rechts
- nach links
- geradeaus

Kurz darauf erreichen die Räuber
ein halb verfallenes Haus.
Sie öffnen die Tür.
Dann sind sie verschwunden.
Auf Zehenspitzen
schleicht Lucius näher.
Er späht durch ein Fenster.
Niemand ist zu sehen.
Wo sind die Männer nur hin?

Im Lichtschein des Mondes
erkennt Lucius ein Loch im Boden.
Darin lehnt eine Leiter.
Sind die Täter
in das Loch gestiegen?
Ist irgendwo da unten ihr Versteck?
„Komm“, sagt Lucius
zu seiner Schwester.
„Wir schauen uns das genauer an.“
Livia schluckt ängstlich.
Sollen sie das wirklich wagen?

4. Im Untergrund

Livia gibt sich einen Ruck.
Mit ihrem Bruder
schleicht sie in das Haus.
Sie beugen sich über das Loch.
Tief unten ist ein Licht zu sehen.
Lucius tritt ganz vorsichtig
auf die erste Sprosse der Leiter.
Langsam steigt er hinab.

Livia folgt ihm.
Ihr Herz hämmert.
Tiefer und tiefer geht es runter.
Livia rümpft die Nase.
Wie das hier stinkt!
Offenbar gelangen sie direkt
zur Cloaca Maxima,
dem großen Abwasserkanal
von Rom.

Jetzt sind die Kinder unten.
Sie stehen in einem langen Gang.
Er ist über vier Meter hoch.
Von der Decke tropft Wasser.
In der Mitte fließt
eine dunkle Brühe.
Rechts und links
sind feuchte Stege aus Holz.
Ratten huschen in dunkle Ecken.

Lucius legt einen Finger
auf die Lippen.
Er deutet nach vorn.
Dort ist ein Fackelschein
zu sehen!
Die Geschwister schleichen
über einen der schmalen Stege.
Der Kanal macht
einen scharfen Knick.

Lucius und Livia
spähen um die Ecke.
Ihnen stockt der Atem.
Die zwei Männer sitzen
in einer Nische der Kanalwand.
Sie lachen und
zählen das Geld
aus dem Beutel von Titus.

Da wird Lucius sehr wütend.
Er will den Räubern
das Geld abluchsen.
Nur wie?
Lucius denkt scharf nach.
Aber ihm fällt nichts ein.
Fragend schaut er zu Livia.
Auch sie ist wütend.
Diese Wut hat ihre Angst verdrängt.
Langsam hebt sie einen Stein auf.

Livia wirft den Stein
an den Tätern vorbei
tief in den Tunnel hinein.
Er prallt gegen die Wand.
Von dort platscht der Stein
in den Kanal.
Die Räuber springen auf.
„Wer ist da?“
Livia und Lucius verschwinden
hinter der Ecke.
Sie machen sich ganz klein.

Profifrage 7

Was will Livia mit dem Steinwurf?

- die Räuber verletzen
- die Räuber warnen
- die Räuber aus ihrem Versteck locken

Livia wagt einen Blick.
Die Räuber haben
ihr Versteck verlassen.
Sie eilen mit Fackeln
über den Steg
und leuchten in alle Ecken.
„Jetzt!“, flüstert Livia.
Unbemerkt huschen
sie und Lucius zu der Nische.

Dort liegt der Geldbeutel!
Livia steckt ihn ein.
Schon rennen die Geschwister
zurück zur Leiter.
Doch da dreht sich
einer der Räuber um.
„Halt, das Geld gehört uns!“,
kreischt er.
„Von wegen!“, ruft Livia
und läuft mit Lucius weiter.
Die Täter verfolgen sie.

Plötzlich rutscht Livia
auf dem feuchten Steg aus
und fällt aufs Knie.
Oje, tut das weh!
Lucius hilft ihr hoch.
Sie fliehen mühsam weiter.
Doch die Räuber holen auf!
Sie kommen immer näher …

Profifrage 8

Wie heißt der stinkende Kanal im alten Rom?

- Cloaca Mixama
- Cloaca Maxima
- Claoca Maxima

Mit letzter Kraft erreichen
Lucius und Livia die Leiter.
Sie klettern hinauf.
Die Kerle sind direkt hinter ihnen.
Einer der Räuber greift
nach dem Fuß von Lucius.
Der Junge tritt dem Kerl
auf die Finger.
„Aua!“, brüllt der Mann.
Endlich sind die Kinder oben.
Sie kippen die Leiter um.
Die Männer fallen schreiend
in den stinkenden Kanal!

Schnell rennen die Geschwister
nach Hause.
„Wo wart ihr nur?“,
schimpfen ihre Eltern.
„Wir haben uns schon
große Sorgen gemacht.“
Die Kinder berichten,
was passiert ist.
Schließlich übergibt Livia
ihrem Vater den Geldbeutel.
Titus staunt und ist überglücklich.
Er schickt Soldaten in den Kanal.
Sie schnappen die Räuber.

Trotz all der Aufregung
ist Titus stolz auf seine Kinder.
Zur Belohnung dürfen sie sich
etwas wünschen.
„Oh, bitte keinen Unterricht mehr!“,
ruft Lucius.
Titus lacht.
„Aber nur für eine Woche!“, sagt er.
Livia wünscht sich ein Fest:
„Da koche ich uns etwas Schönes!“
Titus ist auch damit einverstanden:
„Gute Idee, und ich bringe
die feinsten Gewürze mit!“

Für Vollprofis

Jetzt ist die Geschichte zu Ende.
Hier geht's mit Aufgaben für Vollprofis weiter!
Die Lösungen findest du auf der Rückseite.

1. Welche von diesen Gewürzen werden in der Geschichte genannt?

Kardamom
Ingwer
Safran
Salz
Pizzagewürz
Kümmel
Pfeffer
Zucker
Paprika

2. Julius schreibt auf eine Wachstafel. Was meinst du? Welchen Teil des Griffels nimmt man zum Schreiben?

Für Vollprofis

3. Wo spielt die Geschichte? Wo beginnt sie, wo endet sie? Nummeriere die Stationen!

▲	auf dem Marktplatz	
♥	in einem verfallenen Haus	
■	im Schulzimmer	
▼	in der Cloaca Maxima	
▮	in der Küche	
●	zurück zu Hause	
◗	in den dunklen Gassen	

Herzlichen Glückwunsch!

Geschafft. Jetzt bist du ein echter Leseprofi! Noch mehr spannende Bücher findest du unter www.duden-leseprofi.de

Lösungen

1. Ingwer, Safran, Kardamom, Pfeffer
2. Mit dem spitzen Teil wird geschrieben, mit dem flachen Ende kann man das Geschriebene auf dem weichen Wachs wieder löschen.
3. ▲ 3, ♥ 5, ■ 1, ▼ 6, ▮ 2, ● 7, ◗ 4

Leseprofi von Duden – von Anfang an richtig

1. Klasse

Jeweils 48 Seiten, gebunden.

Zwei Fußballgeschichten in einem Band. 96 Seiten

- Schuldetektive auf heißer Spur
  ISBN 978-3-7373-3443-3
- Die verrückte Reise ins All
  ISBN 978-3-7373-3413-6
- Eine Mumie geht zur Schule
  ISBN 978-3-7373-3447-1
- Total verrückte Fußballgeschichten
  ISBN 978-3-7373-3440-2

2. Klasse

Jeweils 64 Seiten, gebunden.

- Ein Tag auf dem Pferdehof
  ISBN 978-3-7373-3441-9
- Eine Gruselnacht im Zelt
  ISBN 978-3-7373-3442-6
- Die Baumretter
  ISBN 978-3-7373-3457-0
- Ein total verrücktes Schulfest
  ISBN 978-3-7373-3460-0

Alle Duden Leseprofis finden Sie unter
www.fischerverlage.de

Das Lesezeichen ist dein Lösungsschlüssel für die Profifragen!

Für jede Antwort findest du ein Puzzleteil.

Wenn es zum Puzzle auf dem Lesezeichen passt, ist die Antwort richtig!